U0001904

每天都是上天的禮物

作‧圖／井本蓉子

翻譯／米雅

這是一個全新的早晨。

天空中飄著白色的雲，
那已經不是昨天的雲，
因為昨天的雲已經隨著昨天離開。

風吹拂著，
但那也已經不是昨天的風，

而是全新的風。

每一天，都有一個全新的今天來到。

今天一刻也不停留，一直往前走，
轉眼間就變成了昨天。

然後，明天就變成了今天。

有些日子，
我們總是為過去的事感到遺憾、懊悔。

又有些日子，
我們對未來感到不安，成天揪著一顆心。

昨天都已經過去，
不會再回來了。

至於明天會發生什麼事，沒有人知道。

如果真的想改變自己，
就拿出勇氣來吧！

因為能改變自己的，
只有自己啊！

每天都有機會重新開始，
全新的今天會為你而來。

一生是由每一個今天累積而成的，
沒有哪一天和哪一天一樣，
沒有哪一瞬間和哪一瞬間相仿。

而你，也不再是昨天的你。

今天可以寫成「當下之日」。
英文 present 是「禮物」也是「當下」的意思。

我們每個人所迎接的每一個全新的「今天」，
說不定就是上天送給我們的禮物。

作‧圖｜**井本蓉子**

出生於日本兵庫縣，金澤美術工藝大學油畫系畢業。前後以《貓的繪本》、《蕎麥花開的日子》連續兩年獲得義大利波隆那國際兒童書展厄爾巴獎，《井本蓉子歌謠繪本1》則獲該書展的插畫獎。2015年在巴黎和波隆那舉行繪本原畫展。

代表作有《風的電話》、《打針怕怕》（青林）；《星空下的小貓》、《氣球，別跑！》、《那是什麼東西？》（旗品）；《站在爸爸的腳上：皇帝企鵝的故事》（維京）；《大熊校長》（小魯）；《心在哪裡呢？》（小熊）等。

井本蓉子網頁：http://www.imoto-yoko.co.jp/

翻譯｜**米雅**

插畫家、日文童書譯者，畢業於日本大阪教育大學教育學研究科。代表作有《小鱷魚家族：多多的生日》、《小鱷魚家族：多多和神奇泡泡糖》、《你喜歡詩嗎？》（小熊）等。

更多訊息都在「米雅散步道」FB專頁及部落格：http://miyahwalker.blogspot.com/

精選圖畫書　**每天都是上天的禮物**　作‧圖／井本蓉子　翻譯／米雅

總編輯：鄭如瑤｜主編：詹嬿馨｜美術編輯：黃淑雅｜行銷主任：塗幸儀
社長：郭重興｜發行人兼出版總監：曾大福｜業務平臺總經理：李雪麗｜業務平臺副總經理：李復民
實體通路協理：林詩富｜網路暨海外通路協理：張鑫峰｜特販通路協理：陳綺瑩｜印務經理：黃禮賢
出版與發行：小熊出版‧遠足文化事業股份有限公司｜地址：231 新北市新店區民權路 108-2 號 9 樓
電話：02-22181417｜傳真：02-86671851｜劃撥帳號：19504465｜戶名：遠足文化事業股份有限公司
客服專線：0800-221029｜E-mail：littlebear@bookrep.com.tw｜Facebook：小熊出版

讀書共和國出版集團網路書店：http://www.bookrep.com.tw
讀書共和國出版集團客服信箱：service@bookrep.com.tw
團購請洽業務部：02-22181417 分機 1132、1520
法律顧問：華洋法律事務所／蘇文生律師
印製：天浚有限公司｜初版一刷：2019 年 11 月
定價：320 元｜ISBN：978-986-5503-09-3

小熊出版官方網頁　　小熊出版讀者回函